AF308932

LES LYS
DU JARDIN DE LA REINE

PAR

JOHN RUSKIN

PARIS

UNION POUR L'ACTION MORALE

6, impasse Ronsin, 152, rue de Vaugirard

1896

Prix : 60 centimes.

JOHN RUSKIN

———

LES LYS

DU JARDIN DE LA REINE

(traduit de l'anglais pour la première fois)

———

TROIS FRAGMENTS

*également traduit de l'anglais
et se rapportant aussi à l'Éducation des Femmes
y ont été ajoutés*

———

Mars 1896

LES LYS DU JARDIN DE LA REINE *forment la deuxième de trois conférences que John Ruskin a faites en 1865 à Oxford, sous ce titre allégorique :* Sésame et Lys — l'utile et le beau. *Le sujet de ces conférences est l'appropriation de notre culture intellectuelle aux divers rôles qui nous sont échus en ce monde. La première concerne les hommes, les mâles, que Ruskin veut préparer à leur royauté :* c'est le Trésor du Roi ; *la deuxième, celle-ci, s'adresse aux femmes, qui doivent aussi songer qu'elles sont et doivent être toutes des reines (jusqu'à la plus humble d'entre elles) :* c'est le Jardin de la Reine ; *la troisième, envisageant le rôle de la créature humaine en sa généralité, s'appelle* le Mystère de la vie et ses arts.

LES LYS

DU JARDIN DE LA REINE

> « Sois heureux, ô désert aride; que le
> désert se réjouisse, et fleurisse comme
> le lys; que les lieux stériles du Jour-
> dain se couvrent de verdure. » (Esaïe.
> XXXV, 1 — Septante.)

51. Il sera peut-être bon, cette conférence faisant suite à une autre précédemment donnée[1], que je vous expose brièvement l'intention générale que j'ai eue dans les deux.

Les questions qui vous ont été spécialement exposées dans la première : comment il faut lire et ce qu'il faut lire, — découlent toutes les deux d'une troisième, infiniment plus profonde, que je désirais ardemment vous faire vous poser à vous-même : Pourquoi faut-il lire ?

Je voudrais que vous sentissiez avec moi que quelques avantages que nous possédions aujourd'hui dans la diffusion de l'instruction et de la littérature, nous n'en pouvons user sagement avant d'avoir compris clairement où doit nous conduire l'instruction et ce que doit nous enseigner la littérature.

Je souhaiterais que vous comprissiez qu'une éduca-

---

1. Les trésors des Rois. — (Note du traducteur).

tion morale bien dirigée et que des lectures bien choisies mènent simultanément à la possession d'un pouvoir sur ceux qui sont mal dirigés ou illettrés, et que ce
pouvoir, dans la mesure où il existe, est véritablement
royal, et confère sans nul doute la plus pure royauté
qui puisse exister parmi les hommes. Trop d'autres
royautés en effet (que l'on puisse les distinguer à des
insignes visibles ou à l'exercice d'un pouvoir matériel)
ne sont que spectrales ou tyranniques; — spectrales,
c'est-à-dire n'ayant que les aspects ou n'étant que
l'ombre de la royauté, « creuses comme la mort, portant
seulement l'apparence d'une couronne royale[1] »; —
tyranniques, c'est-à-dire substituant leur propre volonté
à la loi de la justice et de l'amour par laquelle gouvernent les seuls vrais rois.

52. Il n'est donc, je le répète, — et comme je veux
laisser cette idée en vous, je commence et finirai par elle,
— qu'une seule royauté parfaitement pure, inévitable et
éternelle (qu'elle porte ou non couronne) : la royauté
qui consiste à être moralement plus fort que les autres,
à avoir des pensées plus vraies; état qui permet à
celui qui le possède de guider ou d'élever les autres. —
Observez ce mot d'*état*. Nous en sommes venus à l'employer dans un sens très lâche. Littéralement, il
signifie la chose qui se tient debout et ferme, et vous
le retrouvez avec toute sa force dans le mot qui en est
dérivé : « statue », la chose inébranlable.

---

1. Milton, Paradis perdu, IIe chant, vers 673.

La majesté ou « état » d'un roi et le droit de son royaume à être appelé un état dépendent donc de leur immutabilité respective : nul tremblement, nulle oscillation qui trouble l'équilibre ; ils sont établis et leur tronc est assis sur les fondations d'une loi éternelle que rien ne peut altérer ni renverser.

I

53. Étant persuadés que la littérature et l'éducation en général sont utiles seulement en ce qu'elles tendent à nous affermir dans la possession de ce pouvoir tranquille, bienfaisant et par conséquent royal que nous exerçons sur nous-mêmes d'abord et ensuite, à travers nous-mêmes, sur tout ce qui nous entoure, je vais maintenant vous prier de considérer avec moi quelle part et quelle sorte d'autorité royale découlant d'une noble éducation peut être justement possédée par les femmes. Jusqu'où sont-elles appelées à posséder un véritable pouvoir de reine ? — Non point à leurs foyers simplement, mais sur tout ce qui est situé dans leur sphère. Dans quel sens aussi, si elles-mêmes comprenaient et exerçaient cette influence royale ou gracieuse, l'ordre et la beauté produits par un pouvoir aussi aimable nous justifieraient-ils d'appeler les territoires sur lesquels règnerait chacune d'elles : « les jardins des reines. »

54. Ici, dès le début, nous rencontrons une ques-

tion beaucoup plus profonde et qui, si étrange que cela puisse paraître, demeure cependant pour un grand nombre d'entre nous absolument indécise, en dépit de son importance infinie.

Nous ne pouvons déterminer ce que doit être le pouvoir royal des femmes avant que nous ne nous soyons entendus sur ce que doit être leur pouvoir ordinaire. Nous ne pouvons nous demander quelle éducation les rendra capables d'exercer des devoirs plus étendus, avant de nous être mis d'accord sur ce que doit être leur vrai et perpétuel devoir. Dans aucun temps l'on n'a prononcé des paroles plus folles et l'on ne s'est permis plus d'écarts d'imagination sur cette question — cependant absolument vitale pour tout bonheur social. Les relations de la femme et de l'homme; leurs différentes capacités d'intelligence ou de vertu n'ont jamais jusqu'ici, semble-t-il, été estimées d'un complet accord. Nous entendons parler de la « Mission » ou des « Droits de la femme », comme si ceux-ci pouvaient en aucun temps être séparés de la Mission ou des Droits de l'homme; comme si elle et son seigneur étaient des créatures d'espèces indépendantes et de prérogatives inconciliables. Or, ceci du moins est faux. Mais non moins fausse, peut-être plus stupidement fausse (car je veux anticiper ici sur ce que j'espère prouver tout à l'heure), l'opinion que la femme n'est que l'ombre et le reflet de son seigneur, qu'elle lui doit une obéissance irraisonnée et servile et que sa faiblesse s'appuie tout entière sur la supériorité, la fortitude masculines.

Là, dis-je, gît la plus stupide de toutes les erreurs commises vis-à-vis de celle qui fut faite pour être la coopératrice de l'homme : comme si cet homme pouvait être aidé efficacement par une ombre, ou dignement par une esclave.

55. Voyons donc maintenant si nous ne pouvons arriver à quelque idée claire et harmonieuse (elle sera harmonieuse si elle est vraie) de ce que peuvent être le pouvoir et la fonction de l'intelligence et de la vertu de la femme en regard de ceux de l'homme. Voyons si leurs relations, correctement acceptées, n'aideraient pas et n'accroîtraient pas la vigueur, l'honneur, l'autorité de tous deux.

Ici, il me faut répéter une chose déjà dite dans la précédente conférence : à savoir que le premier service que nous rende l'instruction est de nous permettre de consulter les hommes les plus sages et les plus grands sur tous les points d'une sérieuse difficulté. Faire un usage raisonnable des livres, c'est leur demander du secours ; leur faire appel lorsque nos connaissances et notre puissance de réflexion font défaut, afin d'être guidés par eux vers une vue plus large, une conception plus pure, et de recevoir d'eux les sentences collectives des juges et des conciles de toute époque contre notre opinion solitaire et changeante.

Faisons ainsi maintenant. Voyons si les plus grands et les plus sages des hommes, ceux qui dans tous les âges ont eu les cœurs les plus purs, sont en quelque mesure d'accord sur le point qui nous occupe. Écoutons le témoignage qu'ils ont laissé sur ce qu'ils ont tenu pour être la vraie dignité de la femme et sa manière de venir en aide à l'homme.

56. Et pour commencer prenons Shakspeare. Faisons tout d'abord la remarque générale que Shakspeare n'a point de héros; il a seulement des héroïnes. Il n'y a dans toutes ses pièces aucun caractère d'homme absolument héroïque, si l'on en excepte la légère esquisse de Henri V, exagérée par les besoins de la scène, et celle encore plus légère de Valentin dans *Les deux gentilshommes de Vérone.* Dans ses pièces travaillées et parfaites, vous n'avez point de héros. Othello aurait pu en être un, si sa simplicité n'avait été grande à ce point de le laisser devenir la proie de toutes les basses machinations qui l'entourent; mais il est l'unique exemple qui approche d'un type héroïque. Coriolan, César, Antoine, se tiennent debout; mais leur force a des fissures et toutes leurs vanités les font choir. Hamlet est indolent et sa volonté s'endort dans ses raisonnements; Roméo est un enfant impatient; le marchand de Venise se soumet languissamment à la fortune adverse; Kent, dans *Le roi Lear,* a le cœur parfaitement noble, mais il est trop rude et trop abrupt pour être vraiment utile au moment critique et tombe au rang d'un domestique. Orlando n'est pas moins noble; mais son désespoir en fait le jouet du hasard, accompagné, encouragé, sauvé par Rosalinde. Tandis qu'il n'y a guère de pièce qui ne nous représente une femme parfaite, inébranlable dans un grave espoir et

dans un dessein sans erreur. Cordélia, Desdémone, Isa-
belle, Hermione, Imogène, la reine Catherine, Perdita,
Sylvie, Viola, Rosalinde, et la dernière et peut-être la
plus aimable, Virgilie, toutes demeurent pures de fautes,
conçues par le poète sur le type le plus hautement
héroïque de l'humanité.

57. Secondement, observez encore ceci : La catastrophe de chaque pièce est toujours amenée par la
folie ou la faute d'un homme; la rédemption, s'il en
est une, par la sagesse et la vertu d'une femme; si cela
aussi manque, il n'est point de rédemption. La perte du
Roi Lear est due à son propre manque de jugement, à
son impatiente vanité, à son inintelligence de la nature
de ses enfants. La vertu de sa seule vraie fille l'eût
sauvé de toutes les méchancetés des autres, s'il ne l'eût
lui-même chassée d'auprès de lui; les choses étant ce
qu'elles sont, elle le sauve presque.

D'Othello je n'ai pas besoin de dire l'histoire, ni
l'unique faiblesse de son puissant amour, ni l'infé-
riorité de son intelligence compréhensive à celle même
de la seconde femme de la pièce, de cette Émilie, qui
meurt en jetant contre son erreur ce furieux témoignage :
« Oh ! le stupide meurtrier ! Qu'est-ce qu'un tel imbé-
cile avait à faire d'une si bonne femme ? »

Dans *Roméo et Juliette*, le stratagème courageux et avisé
femme aboutit, à cause de la légèreté impatiente du
mari, à une issue désastreuse. Dans *Un conte d'hiver*
et dans *Cymbeline*, le bonheur et l'existence de
deux maisons princières, bonheur perdu depuis de

longues années, existence en péril à cause de la folie et de l'obstination des maris, sont sauvés enfin, grâce à la patience et à la royale sagesse des femmes. Dans *Mesure pour mesure*, la grossière injustice du juge et la grossière lâcheté du frère sont opposées à la victorieuse sincérité et à la pureté de diamant d'une femme. Dans *Coriolan*, le conseil de la mère suivi en temps utile eût sauvé son fils de tout mal ; l'oubli momentané qu'il en fait cause sa perte ; la prière de sa mère entendue à la fin le sauve, sinon de la mort, du moins de la malédiction de vivre pour devenir le destructeur de son pays.

Et que dirai-je de Julia, fidèle en dépit de la légèreté d'un amant qui n'est qu'un enfant méchant ? D'Hélène, fidèle en dépit de l'impétuosité et des outrages d'un jeune étourdi ? Que dire de la patience de Héro, de l'amour de Béatrice et de la sagesse paisiblement dévouée de l'ignorante enfant[1] qui, au milieu des passions destructives, aveugles et impuissantes des hommes, apparaît comme un ange doux, apportant courage et sécurité par sa seule présence, déjouant les pires astuces du crime par des qualités dont on se figure les femmes le plus dépourvues : la netteté et la rectitude de la pensée.

58. Observez encore que parmi toutes les principales figures des pièces de Shakspeare, nous ne trouvons qu'une seule femme faible de caractère : Ophélie.

---

1. « Portia, dans *Le Marchand de Venise* » (Act. III, sc. II).

Et c'est parce qu'elle manque à Hamlet au moment critique, parce qu'elle n'est pas et ne peut pas, par sa nature même, être son guide, alors qu'il aurait le plus besoin d'elle, que succède l'amère catastrophe. Enfin, bien que l'on trouve trois méchantes femmes parmi les principales figures : Lady Macbeth, Regane et Goneril, nous sentons tout de suite qu'elles sont d'effroyables exceptions aux lois ordinaires de la vie : aussi leur influence est-elle fatale en proportion du pouvoir pour le bien qu'elles ont abandonné.

Tel est, à vol d'oiseau, le témoignage de Shakspeare sur la situation et le caractère des femmes dans la vie humaine. Il nous les représente comme des conseillères infailliblement fidèles et sages, comme des exemples de pureté et de justice incorruptible, toujours puissantes pour sanctifier, alors même qu'elles ne peuvent sauver.

59. Bien qu'il ne lui soit en aucune mesure comparable pour la connaissance de la nature humaine — encore moins pour la compréhension des causes et des évènements de nos destinées — mais seulement parce qu'il est l'écrivain qui nous a donné la plus large vue sur les conditions et les ordinaires manières de penser de la société moderne, je vous demande maintenant d'accueillir les dépositions de Walter Scott.

Je mets de côté, comme sans valeur, ses écrits en prose alors qu'il était un pur romantique, et, bien que ses premières poésies romantiques soient très belles, leur témoignage vaut ce que vaut l'idéal d'un enfant. Mais ses œuvres véritables, étudiées d'après la vie écossaise, sont d'un témoin digne de foi; et parmi toutes celles-ci nous ne trouvons que trois hommes qui atteignent le type héroïque [1] : Dandie Dinmont, Rob Roy et Claverhouse. De ces trois hommes, l'un est un fermier des frontières, l'autre un maraudeur, le troisième, le soldat d'une mauvaise cause. Ils ne touchent à l'héroïsme idéal que par leur courage et leur foi, alliés à une intelligence vigoureuse mais inculte ou employée mal à propos. D'autre part, les hommes plus jeunes de Walter Scott ne sont que les nobles jouets de la fortune fantasque, et c'est seulement grâce à l'aide de cette fortune, ou par hasard, qu'ils survivent, mais sans les vaincre, à d'involontaires épreuves. D'un caractère discipliné et constant, ardent à la réalisation d'un dessein sagement conçu; ou d'une volonté qui, luttant contre les manifestations du mal ennemi, les défie avec sang froid et les subjugue résolument, on ne trouve point de traces dans la conception de ses personnages de jeunes hommes. Cependant, dans ses créations de femmes, chez Hélène Douglas,

---

1. Afin de me faire comprendre parfaitement, j'aurais dû noter les différentes faiblesses qui abaissent l'idéal des autres grands caractères d'hommes dans les romans de Waverley — l'égoïsme et l'étroitesse de pensée chez Redgauntlet; la faiblesse et l'enthousiasme religieux chez Edouard Glendinning et d'autres; et j'aurais dû noter qu'il existe plusieurs caractères parfaits, esquissés parfois dans le fond du paysage : trois d'entre eux (acceptons joyeusement cette marque de courtoisie envers l'Angleterre et ses soldats) sont des officiers anglais : le colonel Gardiner, le colonel Talbot et le colonel Mannering.

Flora Mac-Ivor, Rose Bradwardine, Catherine Seyton, Diane Vernon, Lilia Redgauntlet, Alice Bridgeworth, Alice Lee et Jeanie Deans, nous trouvons, avec d'infinies variétés de grâce, de tendresse et d'intelligence, en toutes invariablement, un infaillible sens de la justice et de la dignité; un esprit de sacrifice, prompt, infatigable, courageux à ce qui n'est que l'apparence du devoir, et beaucoup plus encore lorsque le vrai devoir fait valoir ses droits; finalement, la patiente sagesse des affections contenues qui fait infiniment plus que protéger les objets de ces affections contre une erreur passagère, qui, graduellement, forme, anime et exalte les caractères des amants indignes, tant qu'à la fin de l'histoire, nous pouvons tout au plus écouter patiemment le récit des succès immérités de ceux-ci.

Ainsi, partout et toujours, chez Scott, comme chez Shakspeare, c'est la femme qui protège, enseigne et guide le jeune homme; ce n'est jamais, par aucun hasard, le jeune homme qui guide ou protège sa maîtresse.

60. Faites appel maintenant, quoique plus brièvement, à de plus graves témoignages : ceux des grands Italiens et des Grecs. Vous connaissez bien le plan du grand poème de Dante : ce chant d'amour du poète à sa dame morte — chant de louanges à celle qui a veillé sur son âme. S'abaissant à la pitié seule, jamais à l'amour, elle le sauve cependant de la destruction, le sauve de l'Enfer. En proie au désespoir il va se perdre pour l'éternité; — elle descend du ciel à son

secours, et durant la longue ascension du Paradis reste son maître, lui expliquant les vérités les plus ardues, divines ou humaines, et par ses réprimandes répétées le conduisant d'étoile en étoile.

Je n'insiste pas sur la conception de Dante; s'il m'arrivait de commencer je ne saurais finir; d'ailleurs vous pourriez ne considérer ces idées que comme les créations fantastiques du cœur d'un seul poète. Aussi je préfère vous lire quelques strophes calmement composées par un chevalier de Pise à sa dame vivante. Elles sont absolument caractéristiques des sentiments qu'éprouvaient les plus nobles gentilshommes du xiiie et du xive siècle, — et nous ont été conservées, parmi tant d'autres souvenirs de ces temps d'honneur chevaleresque et d'amour que Dante Rossetti a recueillis pour nous chez les premiers poètes italiens :

« Car voici ! C'est là ta loi que mon amour manifestement soit pour te servir et t'honorer; et ainsi fais-je, et ma joie est-elle complète d'être accepté pour le serviteur de ta règle.

« A peine admis encore, mon ravissement est extrême, depuis que ma volonté, ô fleur de joie, est de servir ta perfection. Ni ne me semble-t-il que jamais aucune chose puisse éveiller en moi une peine ou un regret.

« Mais à toi se rapportent et mes pensées et toutes mes impressions; car de toi jaillissent toutes les vertus, comme d'une source très pure ; *car ce que tu donnes, c'est la parfaite sagesse et l'honneur sans défaillance*; chaque souverain bien demeure séparément en toi, remplissant la plénitude de ton royaume.

« Oh ma dame ! depuis que je porte en mon cœur ton image plaisante, *ma vie s'est écoulée solitaire dans la lumière brillante, au lieu de la Vérité*, elle qui jusqu'alors avait tâtonné parmi les ombres d'un lieu sombre, durant bien des heures et des jours, gardant à peine un souvenir du bien.

« Mais maintenant ton servage est le mien, et je suis plein de joie et de paix. De la bête sauvage qui fut moi, tu fis un homme, depuis que par ton amour je vis. »

61. Mais vous pensez peut-être qu'un guerrier grec aurait eu de la femme une idée moins haute que cet amant chrétien. Sa sujétion spirituelle n'aurait certes pas été aussi absolue. Mais pour ce qui est des réputations particulières des femmes, c'est uniquement parce que vous n'auriez pu me suivre aussi facilement que je n'ai pas choisi les femmes grecques au lieu de celles de Shakspeare ; car à l'appui, pour modèle idéal, pour types de beauté et de foi humaine, je vous aurais montré le simple cœur de femme et de mère chez Andromaque ; la sagesse divine et cependant rejetée de Cassandre, la bonté enjouée et la simplicité de la vie de princesse de l'heureuse Nausicaa ; le calme de recluse de Pénélope qui guette sur la mer ; la piété patiente, intrépide et dévouée sans espoir, de la sœur et de la fille, chez Antigone ; le cou plié d'Iphigénie silencieuse comme

un agneau ; et finalement l'attente de la résurrection rendue claire à l'âme des Grecs par le retour de sa tombe de cette Alceste qui, pour sauver son mari, affronta, tranquille, l'amertume de la mort.

62. Mais je pourrais là-dessus multiplier preuves sur preuves, si j'avais le temps.

Je prendrais Chaucer et je vous montrerais pourquoi il a écrit une « légende de femmes bonnes » et non une « légende d'hommes bons ». Je prendrais Spenser et vous montrerais que tandis que ses chevaliers féeriques quelquefois se trompent et quelquefois sont vaincus, l'âme d'Una n'est jamais obscurcie et l'épée de Britomart jamais brisée. Je pourrais même, remontant à l'enseignement mythologique des temps les plus reculés, vous montrer comment ce grand peuple, dont il était écrit qu'une des princesses éleverait, au lieu d'une femme de sa race, le législateur de toute la terre — comment, dis-je, ce grand peuple Egyptien, la plus sage de toutes les nations, donna à l'esprit de Sagesse la forme d'une femme et plaça dans sa main la navette de la fileuse. Je vous dirais aussi comment le nom, la forme de cet Esprit adopté, divinisé et obéi par les Grecs, devint cette Pallas Athéné, au rameau d'olivier et au bouclier de nuages, à la foi en laquelle vous devez jusqu'à ce jour tout ce que vous tenez pour infiniment précieux dans l'art, la littérature et les types des vertus nationales.

63. Mais je ne veux point m'égarer dans cet élément mythologique et lointain, je veux seulement vous prier

d'accorder sa légitime valeur aux témoignages de ces grands poëtes et de ces grands hommes unanimes, comme vous le voyez, sur cette question. Je veux vous demander si l'on peut supposer que ces hommes, dans les plus hautes œuvres de leurs vies, s'amusent à se créer des idées imaginaires et vaines sur les relations de l'homme et de la femme ; que dis-je, imaginaires et vaines ? bien pis que cela, car une chose peut être imaginaire et cependant désirable si elle est possible, tandis que leur idéal de la femme n'est, si nous nous en rapportons à nos idées courantes sur le mariage, rien moins que désirable. La femme, disons-nous, ne saurait guider personne, ni même penser pour elle-même. L'homme toujours doit être le plus sage ; il est celui qui pense et qui gouverne ; le supérieur en savoir et en jugement, comme en pouvoir.

64. N'est-il pas de quelque importance de nous faire un avis sur cette question ? De ces grands hommes ou de nous-mêmes, lesquels se trompent ? Shakspeare et Eschyle, Dante et Homère habillent-ils des poupées pour nous, ou ce qui est pire, ont-ils des visions contre nature, dont la réalisation, si jamais elle était possible, apporterait l'anarchie dans tous les foyers et causerait la ruine de toutes les affections ? Mais si vous admettez qu'il en puisse être ainsi, prenez du moins l'évidence des faits donnée par le cœur humain lui-même. Dans tous les siècles chrétiens remarquables par leur pureté et leurs progrès, il y eut de l'amant envers sa maîtresse abandon absolu, obéissance dévouée. J'ai

bien dit obéissance, non pas simplement enthousiasme et adoration intellectuelle, mais dépendance entière, l'amant recevant de la femme aimée, si jeune fût-elle, non seulement l'encouragement et l'éloge, la récompense de son labeur, mais, autant qu'il y avait choix à faire ou décision difficile à prendre, la direction même de son labeur. Cette Chevalerie, dont les abus et les souillures ont produit tout ce qu'il y a de cruel dans la guerre, d'injuste dans la paix, de corrompu et de bas dans les relations domestiques, et dont l'originale pureté et la puissance enfantèrent également la défense de la foi, de la loi et de l'amour, cette chevalerie, dis-je, pour premier fondement d'une vie d'honneur, posait la sujétion du jeune chevalier aux ordres, même aux ordres capricieux de sa dame. Ceux qui l'ont créée savaient, en effet, que tout cœur droit et vraiment chevaleresque ne trouvera l'impulsion première et nécessaire à son action que dans le service aveugle de sa dame; — que là où cette vraie foi et cette captivité ne seraient pas, seront toutes les passions mauvaises et déréglées; — que cette obéissance enthousiaste à l'unique amour de sa jeunesse, sanctifie la force de l'homme et lui donne la persévérance dans toutes ses entreprises.

Et cela, non pas qu'une telle obéissance soit préservatrice ou honorable rendue à celle qui en est indigne, mais parce qu'il devrait être impossible, et qu'il est d'ailleurs véritablement impossible à tout homme au cœur noble d'aimer une femme aux doux avis de laquelle il ne saurait se confier, et dont les ordres suppliants pourraient faire hésiter son obéissance.

65. Mais je ne veux, par aucun argument, insister davantage sur ce point. Je pense qu'il faut s'en remettre à votre savoir de déterminer ce qui fut, et à votre cœur de sentir ce qui devrait être. Vous ne pensez pas, certainement, que l'armure du chevalier agrafée par les mains de sa dame fût le pur caprice d'une mode romantique. C'est l'emblème d'une vérité éternelle. L'armure de l'âme n'est jamais bien ajustée au cœur si une main de femme ne l'a bouclée; c'est seulement aussi lorsqu'elle l'a bouclée lâchement que l'homme perd l'honneur. Ne connaissez-vous pas ces vers charmants? Je les voudrais voir appris par toutes les jeunes filles d'Angleterre :

« Ah! la femme prodigue! Elle qui pourrait sur sa douce personne mettre son prix, sachant bien que lui n'a d'autre choix que payer, comment a-t-elle vendu le Paradis au rabais? Comment a-t-elle donné pour rien son don sans prix ? Comment a-t-elle gaspillé le pain et répandu le vin, qui, dépensés chacun avec une juste économie, eussent transformé les brutes en hommes, et les hommes en dieux[1] ? »

---

[1]. *Coventry Patmore*. — Vous ne sauriez le lire trop souvent ou avec trop de soin. Autant que je sache, il est le seul poète actuellement vivant qui toujours nous rende plus forts et plus purs ; les autres assombrissent quelquefois et presque toujours dépriment l'imagination qu'ils saisissent.

66. Tout ceci concernant les relations des amants, je pense que vous l'accepterez comme juste; mais ce dont nous doutons trop souvent, c'est de l'opportunité de continuer ces mêmes rapports toute la vie durant. Nous les trouvons justes de l'amant à la ma^t ...se, non du mari à l'épouse. Ce qui revient à dire que nous estimons que nous devons un tendre et respectueux hommage à la femme de l'affection de laquelle nous doutons encore, ou dont le caractère ne nous est que partiellement et vaguement connu; mais que ce respect et cet hommage ne sauraient plus être rendus à la femme dont l'affection est devenue nôtre entièrement et sans réserves, et dont le caractère a été si bien scruté et éprouvé que nous ne craignons plus de lui confier le bonheur de notre vie. Ne voyez-vous pas combien ce raisonnement est bas, aussi bien que déraisonnable? Ne sentez-vous pas que le mariage, là où il existe en effet, n'est que le sceau qui scelle le vœu transformant le service temporaire en service éternel, et le caprice amoureux en éternel amour?

II

67. Mais comment, demanderez-vous, ce rôle de guide attribué à la femme est-il compatible avec la véritable sujétion de l'épouse? Simplement en ceci, que sa fonction est de guider et non de déterminer. Laissez-moi essayer de vous montrer brièvement comment ces deux fonctions me paraissent devoir se distinguer l'une

de l'autre. Il est stupide, et d'une stupidité sans excuse, de parler de la supériorité d'un sexe sur l'autre, comme si l'on pouvait les comparer en des choses similaires. Chacun d'eux a ce que l'autre n'a pas; chacun complète l'autre et est complété par lui; ils ne sont en rien semblables, et leur bonheur et leur perfection seront réalisés, lorsque chacun d'eux demandera et recevra de l'autre ce que l'autre seul peut lui donner.

68. Voici brièvement quels sont leurs différents caractères. L'homme est doué pour l'action, le progrès, la défense. Il est, par excellence, celui qui fait, crée, découvre et défend. Son intelligence est spéculative et inventive ; son énergie doit se tourner vers l'aventure, la guerre, la conquête, partout où la guerre est juste et la conquête nécessaire. Mais la femme est faite pour régner, non pour combattre, et son intelligence ne va pas à inventer ou à créer, mais à mettre partout l'ordre aimable, à arranger, à décider. Elle voit les différentes qualités des choses, leurs droits et leurs places. Sa grande fonction est la louange. Elle n'entre point en lutte, mais adjuge, sans erreur, la couronne du combat. Par son rôle et sa place elle est à l'abri de tout danger et de toute tentation. L'homme dans son rude travail en plein monde doit affronter épreuves et dangers ; à lui donc les échecs, les fautes, l'inévitable erreur ; souvent il sera blessé ou vaincu, souvent égaré et toujours endurci. Mais il garde la femme contre toutes ces choses. Au dedans de sa maison à lui, dirigée par elle (à moins qu'elle-même ne l'ait cherché),

nul danger, nulle tentation, nulle cause d'erreur ou de faute ne pénètrera.

A ceci l'on reconnaît le vrai foyer : il est le lieu de la paix. On y est à l'abri, non seulement du mal, mais de la frayeur, du doute ou des divisions. — S'il n'est point tout cela, il n'est point « le foyer ». Si les anxiétés de la vie extérieure pénètrent dans son cercle, si les indifférents, les inconnus, ceux dont le cœur est léger ou l'esprit hostile, passent son seuil, avec la permission du mari ou de la femme, il cesse d'être le foyer. Il n'est plus alors qu'une portion de ce monde extérieur au-dessus de laquelle vous avez bâti un toit, et au dedans de laquelle vous avez allumé un feu. Mais s'il demeure un lieu sacré, un temple de Vesta, sur qui veillent les dieux hospitaliers devant la face desquels nul ne paraîtra qui ne peut être accueilli avec amour ; s'il est ce toit et ce feu (emblèmes eux-mêmes d'une autre ombre et d'une autre lumière plus nobles : l'ombre du roc sur une terre aride, la lumière du phare sur une mer soulevée), s'il est vraiment tout cela, alors il justifie et mérite le glorieux nom de *foyer*.

Et partout où arrive une vraie femme, ce foyer l'entoure toujours. Les étoiles peuvent être seules au-dessus de sa tête ; le ver luisant dans l'herbe humide de la nuit, le seul feu à ses pieds ; mais le foyer est là, partout avec elle. Et si la femme est noble, il s'étend au loin autour d'elle, mieux que si le toit en était fait de cèdre ou peint en vermillon, répandant sa douce lumière au loin pour ceux qui, autrement, seraient sans foyer.

69. Telle est donc, j'en suis persuadé (et ne vou-drez-vous pas l'être avec moi?), la place de la femme, tel est son véritable pouvoir. Mais ne voyez-vous point que pour remplir cette place et pour exercer ce pouvoir, il faut qu'elle soit — autant que l'on peut employer ces termes en parlant d'une créature humaine — inca-pable d'erreur. Là où elle règne tout doit être juste, ou rien n'est. Il faut qu'elle soit bonne, incorruptible-ment et toujours bonne, instinctivement, infaillible-ment sage — non point pour se développer, mais pour se renoncer elle-même, sage, non point pour se placer au-dessus de son mari, mais pour ne jamais manquer à son côté — sage, non avec l'étroitesse d'un orgueil insolent et sec, mais avec la douceur passionnée d'une serviabilité modeste, — infiniment changeante parce qu'elle s'applique à des circonstances infiniment variées : et c'est là la véritable variabilité de la femme. Dans le sens profond — « la donna è mobile », ce n'est plus « qual pium'al Vento »; ni non plus « variable comme l'ombre faite par le tremble léger et vacillant »[1]; mai c'est variable comme la lumière aux rayons multiples, délicats et sereins, qui revêt la couleur de tous les objets sur qui elle tombe, et qui l'exalte.

III

70. J'ai essayé jusqu'ici de vous montrer quelle devraient être la place et le pouvoir de la femme. Nous-

---

1. Walter Scott (Marmion 6ᵉ chant; stance 30).

nous demanderons maintenant quelle sorte d'éducation le rendra capable de remplir l'une et d'exercer l'autre.

Le premier de nos devoirs envers elle (aucune personne sensée ne le mettra en doute) est de lui assurer une éducation physique qui puisse affermir sa santé et perfectionner sa beauté, le plus haut degré de cette beauté ne pouvant être atteint sans la splendeur de l'activité et de la force délicate. Perfectionner sa beauté, dis-je, afin d'en accroître le pouvoir ; il ne sera jamais trop grand, et jamais ne répandra trop loin sa lumière sacrée. Souvenez-vous seulement que la liberté du corps est nulle pour produire la beauté, sans la liberté correspondante du cœur. Il est deux passages de ce poète[1] qui me semble se distinguer de tous les autres, non par sa puissance, mais par l'exquise justesse de sa pénétration, qui vous indiqueront la source et vous décriront en quelques mots le suprême de la beauté féminine. Je vous lirai les strophes introductrices ; mais la dernière est celle sur laquelle je vous demande de porter spécialement votre attention.

« Trois ans durant elle grandit sous le soleil et l'ondée ; puis la Nature dit : Fleur plus aimable jamais ne fut semée sur terre ; je prendrai cette enfant pour moi, elle m'appartiendra et j'aurai une femme de moi créée.

« Pour ma bien-aimée, je serai à la fois la loi et l'impulsion ; avec moi l'enfant, dans le rocher et la

---

1. Wordsworth.

plaine, dans la clairière et le bocage, sentira un pouvoir omniprésent, éveiller et contenir. Les nuages flottants lui prêteront leur majesté; à elle la souplesse du saule ! « Jamais non plus elle ne manquera de discerner, même dans les mouvements de la tempête, la grâce qui moulera les formes de la jeune fille par une sympathie silencieuse. Et des sentiments vivifiants la feront croître à sa taille de reine, feront naître sa poitrine virginale. Oui, ces pensées je les donnerai à Lucie, tandis qu'elle et moi nous vivrons ensemble, ici, dans cet heureux vallon. »

Des sentiments de joie « vivifiants » ; observez bien les mots. Il est des sentiments de joie qui apportent la mort; mais ceux qui sont naturels sont vivifiants, nécessaires à toute vraie vie.

Et s'ils doivent être des sentiments de vie, ils seront des sentiments de joie. N'espérez pas pouvoir rendre gracieuse une jeune fille, si vous ne la rendez d'abord heureuse. Toute contrainte imposée à une enfant bonne, toute opposition mise à ses instincts d'amour et d'effort, restera imprimée sur ses traits en caractères indélébiles, dont la dureté est d'autant plus douloureuse, qu'elle enlève sa brillante lumière au regard innocent, et le charme au front de la vertu.

71. Voilà donc pour les moyens ; maintenant notez bien la fin. — Vous trouvez chez le même poëte, en deux vers, une parfaite description de la beauté de la femme.

« En son air se rassemblent
De doux souvenirs et d'aussi douces promesses [1]. »

Le charme parfait qui émane d'une femme peut seulement être fait de cette majestueuse paix qui a son fondement dans la mémoire des années utiles et heureuses — pleines de doux souvenirs ; — unie à cette jeunesse, plus digne encore, toujours capable de transformations, et toujours pleine de promesses, ouverte et modeste à la fois, brillante de l'espoir des choses meilleures à acquérir et à répandre. Il n'est point de vieillesse tant que ces promesses subsistent encore.

72. Ainsi vous devez premièrement modeler son enveloppe physique, puis, à mesure que les forces qu'elle acquerra vous le permettront, remplir et pétrir son esprit avec toutes les connaissances et les pensées qui tendront à confirmer son instinct naturel de la justice et à affiner son sens naturel de l'amour.

Il faudra lui donner toutes les connaissances qui la rendront plus capable de comprendre l'œuvre de l'homme et même d'y aider. Cependant il ne faudra pas les lui donner en tant que connaissances, comme si connaître pouvait être jamais son objet à elle, tandis qu'il est de sentir et de juger. Il n'est d'aucune importance, (comme si cela pouvait être pour elle un sujet d'orgueil ou de perfectionnement), qu'elle sache plusieurs langues ou une seule ; mais il est de la plus haute importance qu'elle puisse témoigner de la bonté à un

---

1. Wordsworth (A true woman).

étranger et comprendre la douceur de la langue d'un étranger. Il n'est nullement important pour sa valeur ou sa dignité propres qu'elle soit familière avec telle science ou telle autre; mais il l'est infiniment qu'elle soit élevée dans des habitudes de pensée exactes, qu'elle comprenne ce que veulent dire, comme sont inévitables et aimables les lois naturelles. Je veux qu'elle suive au moins l'un des sentiers des recherches scientifiques jusqu'au seuil de cette amère Vallée d'Humiliation dans laquelle peuvent seuls descendre les plus sages et les plus braves parmi les hommes, se tenant eux-mêmes pour de perpétuels enfants ramassant des galets sur un rivage illimité. Il est de chétive conséquence de savoir combien de positions de villes elle connaîtra, de dates d'événements ou de noms de personnages célèbres — l'objet de l'instruction n'est point de convertir la femme en un dictionnaire; — mais il est profondément nécessaire qu'on lui ait appris à pénétrer avec sa personnalité entière dans l'histoire qu'elle lit; à s'en peindre les passages avec toute leur vie, à l'aide de sa brillante imagination; à saisir avec son instinct délicat le pathétique des circonstances et le dramatique des relations, que l'historien, trop souvent, éclipse par ses raisonnements ou disjoint par son arrangement. Son effort à elle, est de suivre à la trace l'équité voilée des récompenses divines, et d'apercevoir à travers l'obscurité le fatal fil de feu qui lie ensemble l'erreur avec la rétribution.

Mais surtout, on devra lui enseigner à étendre les

limites de sa sympathie à cette histoire qui, au moment même où elle respire paisiblement, vient de se décider pour toujours : à la calamité contemporaine, qui, si elle n'était pleurée, comme cela se doit, par elle, ne revivrait plus dans l'avenir. Il faut qu'elle s'exerce elle-même, en imaginant quels en seraient les effets sur son âme et sa conduite, si elle était chaque jour mise en présence de la souffrance qui n'est pas moins réelle pour être cachée à ses yeux. On devra lui faire comprendre quelque chose de l'insignifiance des proportions de ce petit monde dans lequel elle vit et aime, comparé au monde où Dieu vit et aime. Solennellement aussi on lui enseignera à réagir pour que sa religion ne s'affaiblisse pas à mesure qu'elle embrassera un plus grand nombre d'hommes ; pour que sa prière ne soit point plus languissante qu'elle le serait pour le soulagement actuel de la souffrance de son mari ou de son enfant, alors qu'elle est émise pour les multitudes de ceux qui n'ont personne pour les aimer, « pour « ceux qui sont désolés et chargés[1]. »

73. Jusqu'ici je pense avoir rencontré votre assentiment ; — peut-être n'aurai-je pas votre approbation pour ce qu'il m'est absolument nécessaire de dire maintenant. Il est à la vérité une science dangereuse pour les femmes — *une* science qu'elles doivent faire attention de ne point toucher profanement : celle de la théologie[2]. C'est une chose étrange et misérablement

---

1. Livre de prières de l'Église anglicane.

2. Tout ce passage est particulièrement adressé à des protestantes anglaises. (Trad.)

étrange qu'alors qu'elles sont assez modestes pour dou-
ter de leurs capacités intellectuelles et s'arrêter au
seuil des sciences où chaque pas est sûr et démon-
trable, elles se jettent tête baissée et sans un soupçon
de leur incompétence dans cette science devant
laquelle les plus grands hommes ont tremblé et où les
plus sages ont erré ! C'est une chose étrange qu'elles
puissent, avec complaisance et orgueil, réunir tout ce
qu'il peut y avoir en elles de méchanceté et de sottise,
d'arrogance et d'étourderie, d'incompréhension aveugle, en un seul amer paquet d'encens consacré. C'est
une chose étrange, chez des créatures nées pour être
l'amour visible, que là où elles peuvent connaître le
moins, elles veuillent condamner tout d'abord et
pensent se recommander auprès de leur Maître en se
hissant péniblement sur les marches de son trône de
Juge, pour le partager avec Lui. Mais le plus étrange
est qu'elles puissent penser qu'elles ont pu être guidées
par l'Esprit du Consolateur en des habitudes d'esprit.
devenues chez elles de purs éléments de trouble dans
leurs maisons ; qu'elles osent convertir les dieux hospitaliers du Christianisme en de hideuses idoles de
leur fabrication, poupées spirituelles qu'elles habillent
suivant leur caprice et dont leurs maris se doivent
détourner avec un dédain affligé, de peur d'être
assaillis de cris s'ils les brisent.

74. Je crois donc, avec cette exception, que l'instruction des filles, dans le développement et les
matières des études, devrait être à peu près la même

que celle des garçons, mais dirigée tout différemment. La femme, dans tous les rangs de la société, devrait savoir tout ce que saura probablement son mari; mais le savoir tout autrement. Ses connaissances à lui devront être solidement établies et progressives; les siennes, générales et accommodées à un usage quotidien et pratique. Non qu'il ne puisse être souvent plus sage pour les hommes d'apprendre les choses selon cette méthode féminine, c'est-à-dire pour l'usage immédiat, et de chercher à discipliner et à élever leur intelligence à l'aide de ces études mêmes qui, plus tard, seront le mieux appropriées au service social; mais pour parler en général, l'homme devrait savoir à fond toute langue ou toute science qu'il apprend, tandis que la femme ne devrait savoir de cette même langue ou de cette science que ce qui la rendra capable de sympathiser avec son mari dans ses satisfactions intellectuelles ou celles de ses meilleurs amis.

75. Cependant, observez qu'elle doit savoir tout ce qu'elle sait avec une exquise exactitude. Il y a une immense différence entre des connaissances élémentaires et des connaissances superficielles; entre un ferme commencement et un infirme essai pour tout embrasser. Une femme aidera toujours son mari par ce qu'elle sait; par ce qu'elle sait à moitié ou sait mal, elle l'ennuiera simplement.

Et réellement s'il fallait que l'instruction des filles fût différente de celle des garçons, je dirais que des deux, la fille, dont l'intelligence mûrit plus vite, devrait être de meilleure heure initiée aux sujets profonds et sérieux. Ses connaissances littéraires devraient être moins frivoles, au lieu de l'être davantage; calculées pour ajouter les qualités de patience et de sérieux à son jugement naturellement primesautier et à sa vivacité d'esprit, ainsi que pour la maintenir dans une sphère de pensée haute et pure. Je n'entre ici dans aucune question sur le choix des livres; assurons-nous seulement que, lorsqu'elle ouvre le paquet du cabinet de lecture, ses livres ne tombent pas en tas sur ses genoux, humides encore de la récente et légère écume de la Fontaine de la Folie.

76. Ni même de celle de l'esprit. Car pour ce qui est de cette maladive tentation de lire des romans, ce n'est point tant ce qu'il peut y avoir de mauvais dans un roman que nous devrions craindre, que l'intérêt excessif qu'il provoque. Le roman le plus nul n'est point aussi stupéfiant que les basses productions de la littérature religieuse excitante; et le pire roman n'est point aussi corrupteur que la fausse histoire, la fausse philosophie et les faux écrits politiques. Mais le meilleur roman devient dangereux, si, par l'excitation qu'il cause, il rend fade le cours ordinaire de la vie et accroît notre soif morbide pour l'inutile connaissance de scènes que nous ne serons jamais appelés à jouer.

77. Je parle donc des bons romans seulement, en variétés desquels notre littérature moderne est particulièrement riche. Bien lus, ces livres sont d'un sérieux profit, n'étant rien moins que des traités d'anatomie et

de chimie morales, des études de la nature humaine dans ses éléments. Mais j'attache peu de prix à cette fonction ; ils ne sont presque jamais lus avec assez de sérieux pour qu'il leur soit permis de la remplir. Le plus qu'ils puissent faire généralement est d'accroître quelque peu la charité des lectrices dont l'âme est bonne, ou l'amertume de celles qui l'ont maligne ; car chacune trouvera dans les romans de quoi nourrir ses propres penchants. Celles qui sont naturellement orgueilleuses et envieuses apprendront de Thackeray à mépriser l'humanité ; celles qui sont naturellement douces, à la plaindre, et celles qui sont naturellement bornées, à s'en moquer. De même les romans peuvent nous être d'un précieux service en incarnant devant nous, d'une façon vivante, une vérité humaine que nous avions déjà confusément aperçue ; mais la tentation du pittoresque dans l'exposition est si grande que souvent les meilleurs écrivains de fictions n'y peuvent résister. Ils ont le parti pris si violent de ne vous faire voir qu'un seul côté des choses que la vivacité de leurs peintures est plutôt pernicieuse que bonne.

78. Sans essayer en aucune façon de déterminer ici jusqu'à quel point la lecture des romans doit être permise, laissez-moi du moins affirmer très clairement une chose : qu'on lise des romans, de la poésie ou de l'histoire, tous ces ouvrages devront être choisis non parce qu'il sont exempts de mal, mais parce qu'ils possèdent quelque chose de bon. — Le mal qui peut, par hasard, être émietté ou caché ici ou là dans un livre

puissant ne fera jamais de mal à une noble fille. Mais le vide de certains auteurs l'oppresse et leur aimable futilité la dégrade. Du reste, si elle peut avoir l'accès d'une bonne bibliothèque de vieux classiques, plus n'est besoin de choix. Gardez loin de votre fille la Revue et le roman modernes ; donnez-lui libre entrée dans la vieille bibliothèque tous les jours de pluie, et laissez-l'y seule. Elle trouvera ce qui lui sera bon ; vous ne le pourriez pas ; car telle est justement la différence entre la formation d'un caractère de fille et d'un caractère de garçon ; vous pouvez tailler un garçon à la forme qui vous plaît, comme vous tailleriez un rocher, ou le forger à coups de marteau s'il est d'une meilleure espèce, comme vous forgeriez une pièce de bronze ; mais vous ne forgerez jamais une fille en quoi que ce soit. Elle croît comme croissent les fleurs ; elle se fanera sans soleil, elle se flétrira sur sa tige comme un narcisse, si vous ne lui donnez pas assez d'air ; elle peut tomber et souiller sa tête dans la poussière si vous la laissez sans appui à certains moments de sa vie ; mais vous ne l'enchaînerez jamais. Il faut qu'elle prenne la forme gracieuse et le chemin qui lui conviennent, si elle doit en prendre aucun, et d'âme et de corps il faut qu'elle ait toujours

> « Cette allure légère et libre de reine du foyer
> Et cette démarche de liberté virginale [1]. »

---

1. Wordsworth (A true Woman).

Laissez-la libre, dis-je, dans la bibliothèque, ainsi qu'un faon dans la campagne. Il connaît les mauvaises herbes mille fois mieux que vous, et les bonnes aussi; et il broutera quelques herbes amères et piquantes, bonnes pour lui, alors que vous n'auriez rien soupçonné de tel.

79. Puis, pour l'art, mettez devant elle les plus beaux modèles; que les arts qu'elle apprendra, elle les sache exactement et à fond, de manière à comprendre mieux qu'elle n'exécutera. Les plus beaux modèles, ai-je dit, c'est-à-dire les plus vrais, les plus simples et les plus utiles. Notez bien ces trois épithètes, elles conviennent à tous les arts. Appliquez-les à la musique ou vous les pensez le moins applicables sans doute. Les plus vrais — c'est-à-dire ceux dans lesquels les notes rendent avec le plus de précision et de fidélité le sens des paroles et le caractère de l'émotion cherchée; les plus simples encore, c'est-à-dire ceux dans lesquels le sens et la mélodie sont exprimés avec un aussi petit nombre de notes, aussi significatives que possible; finalement les plus utiles, ceux où la musique qui ajoute le suprême du beau aux meilleures paroles les grave chantées dans nos mémoires, chacune avec son glorieux son, et les fixe le plus près du cœur, pour le moment où nous en aurons besoin.

80. Mais non seulement dans les matières et le développement, mais plus essentiellement dans l'esprit, que l'éducation de la fille soit la même que celle des garçons. Vous élevez vos filles comme si elles étaient

faites pous devenir des meubles d'ornement, et ensuite
vous vous plaignez de leur frivolité; donnez-leur les
mêmes avantages que vous donnez à leurs frères; faites
appel chez elles aux mêmes grands sentiments de vertu;
enseignez-leur à elles aussi que le courage et la vérité
sont les piliers de leur être — pensez-vous qu'elles ne
répondront pas à cet appel, courageuses et vraies
comme elles sont aujourd'hui, où vous savez qu'il
n'est guère d'écoles de filles, dans ce royaume très
chrétien, où le courage et la sincérité des enfants
ne soient estimés deux fois moins importants que
leur manière de faire leur entrée dans une chambre,
— où tout le système de la société concernant le
mode de leur établissement dans la vie n'est qu'une
peste infectieuse de lâcheté et d'imposture, — de
lâcheté, en ne point osant les laisser vivre et aimer autrement qu'au gré de leurs voisins, — d'imposture, en faisant
briller aux yeux de vos filles tout l'éclat des vanités de
ce monde, au moment précis où le bonheur de toute
leur vie dépend de leur fermeté à n'être pas éblouies.

81. Enfin donnez-leur non seulement de nobles
enseignements, mais de nobles maîtres. Vous consi-
dérez quelque peu, avant d'envoyer votre fils au collège, quel sera son professeur; puis, quel qu'il soit, vous
lui donnez au moins pleine autorité sur votre fils et lui
témoignez vous-même certains égards; — s'il vient
dîner chez vous, vous ne le placez pas à une petite
table. — Vous savez aussi qu'au collège le maître
immédiat de votre enfant sera sous la direction d'un

autre maître, son supérieur, pour lequel vous éprouvez un respect absolu. Vous ne traitez pas comme vos inférieurs le doyen de Christ Church ou le Directeur de la Trinité.

Mais quels maîtres donnez-vous à vos filles et quel respect témoignez-vous aux institutrices que vous avez choisies? Quelle importance une enfant attachera-t-elle à sa conduite et à son développement intellectuel, alors que vous confiez l'entière formation de son caractère moral et intellectuel à une personne que vous laissez traiter par vos domestiques avec moins d'égards que votre femme de charge, (comme si l'âme de votre enfant était une moindre responsabilité que le soin des confitures et de l'épicerie), et à laquelle vous pensez vous-même conférer un honneur en la laissant quelquefois le soir s'asseoir au salon.

IV

82. Telle est donc l'aide que lui apporteront et la littérature et l'art. Mais il est encore une autre aide dont elle ne saurait se passer; une aide qui, à elle seule, a été quelquefois plus puissante que toute autre influence; celle de la belle et vierge nature. Écoutez ces paroles sur l'éducation de Jeanne d'Arc [1].

« L'éducation de cette pauvre fille fut pauvre, sui-

---

1. De Quincey (Jeanne d'Arc). — D'après Michelet (Histoire de France).

vant le jugement actuel ; fut ineffablement haute, suivant le jugement d'une philosophie plus pure ; et si elle n'est plus bonne pour notre époque, c'est seulement parce qu'elle est trop élevée pour nous.

« Après ses avantages spirituels, Jeanne fut surtout redevable de ce qu'elle fut aux avantages de sa situation. La fontaine de Domremy était sur le bord d'une immense forêt, si bien hantée par les fées que le curé y devait venir lire la messe une fois l'an, pour les retenir en de décentes bornes.

« Mais ces forêts de Domremy étaient la gloire du pays, car en elles demeuraient de mystérieux pouvoirs et des secrets anciens, qui les dominaient d'une puissance tragique. Il y avait là des abbayes et des fenêtres d'abbayes, « semblables aux temples mauresques des Hindous », qui faisaient sentir leur pouvoir princier jusqu'en Touraine et dans les diètes allemandes. Elles avaient leurs douces sonneries de cloches qui perçaient l'air des forêts bien des lieues à la ronde, à matines ou à vêpres, et chacune possédait sa rêveuse légende. Ces abbayes étaient assez peu nombreuses et assez disséminées pour ne point troubler la profonde solitude de la région ; cependant elles étaient assez nombreuses pour étendre comme un réseau ou une tente de sainteté chrétienne, sur ce qui autrement n'eût semblé qu'un désert païen. »

Maintenant, il est vrai, que vous ne pouvez avoir ici, en Angleterre, des bois profonds de dix-huit milles de rayon, mais peut-être pourriez-vous garder une ou deux fées pour vos enfants si vous le désiriez. — Mais le désirez-vous vraiment? Supposez que vous eussiez chacun, derrière votre maison, un petit jardin, assez grand pour y laisser jouer votre enfant, et une pelouse où il y eût juste assez de place pour qu'il y pût courir — pas davantage; — supposez encore que vous ne pussiez changer de demeure, mais que vous puissiez, à votre choix, doubler ou quadrupler votre revenu en creusant un puits à charbon au milieu de la pelouse et en convertissant les cor. illes en monceaux de coke. Le feriez-vous? J'espère que non. Je puis vous assurer que vous auriez tort de le faire, même si vous deviez par là accroître votre revenu dans la proportion de quatre à soixante pour cent.

83. Et cependant, c'est là ce que vous faites aujourd'hui de toute l'Angleterre. Le pays entier n'est qu'un petit jardin, juste assez grand pour laisser tous vos enfants courir sur les pelouses, si vous vouliez les y laisser tous courir. Mais de ce petit jardin vous feriez un haut fourneau et le rempliriez de monceaux de cendres si vous pouviez; et, non pas vous, mais vos enfants souffriraient de cela. Car les fées ne seront point toutes bannies. Il est des fées des fourneaux, comme il est des fées des bois; leurs premiers dons semblent être : « les flèches aiguës du guerrier »; mais leurs derniers dons ce sont: « les charbons ardents du genêt [1] ».

84. Et cependant, je ne puis pas (bien qu'il n'y ait

---

1. Psaume CXX.

rien dans mon sujet que je sente plus profondément)
imprimer ceci dans vos cœurs ; car nous faisons un si
faible usage du pouvoir de la nature tandis que nous la
possédons encore, que c'est à peine si nous sentirons
que nous l'avons perdue. Sur l'autre rive de la Mersey,
vous avez votre Snowdon et votre Menai Strait, et ce
puissant roc de granit derrière les landes d'Anglesey,
splendide, avec sa tête couronnée de bruyère et son
pied planté dans la mer profonde, sacré jadis, divin
promontoire regardant l'occident ; le Holyhead, ou
headland, qui, aujourd'hui encore, n'est point sans
inspirer une religieuse terreur lorsque ses rouges
lumières brillent à travers la tempête. Telles sont les
montagnes, les baies et les îlots bleus qui, chez les
Grecs, eussent été toujours aimés, toujours agissants
sur l'esprit national. Ce Snowdon est votre Parnasse ;
mais où sont ses muses ? Ce mont de Holyhead est
votre île d'Egine ; mais où est son temple de Minerve ?

85. Vous lirai-je ce qu'a accompli la Minerve chrétienne à l'ombre de votre Parnasse jusqu'en 1848 ?
— Voici un petit résumé sur la situation d'une école
du Pays de Galles qui se trouve à la page 261 du rap-
port sur ledit pays, publié par le comité du Conseil de
l'Instruction publique. L'école en question est située
près d'une ville de 5.000 habitants.

« J'examinai alors une classe plus nombreuse dont
la plupart des élèves venaient d'entrer à l'école. Trois
filles déclarèrent à plusieurs reprises qu'elles n'avaient
jamais entendu parler du Christ, et deux qu'elles

n'avaient jamais entendu parler de Dieu. Deux sur six croyaient que Jésus-Christ était actuellement sur terre (peut-être auraient-elles pu avoir une idée pire); trois ne savaient rien de la crucifixion. Quatre sur sept ne connaissaient pas les noms des mois, ni le nombre des jours de l'année. Elles n'avaient aucune notion de l'addition au-delà de deux et deux et trois et trois; leurs intelligences étaient absolument vides.

Oh! vous femmes d'Angleterre! Depuis la Princesse de ce Pays de Galles jusqu'à la plus modeste d'entre vous, pensez-vous que vos enfants puissent recevoir leur vraie part de bonheur, alors que ceux-ci sont dispersés sur les collines comme des brebis qui n'ont point de berger? et pensez-vous que vos filles puissent être élevées jusqu'à la vérité de leur propre beauté humaine, alors que les lieux charmants que Dieu fit pour servir à la fois à leur instruction et à leurs jeux demeurent déserts et rouillés? Vous ne pouvez justement les baptiser dans vos fonts baptismaux profonds d'un pouce, à moins que vous ne les baptisiez aussi dans ces douces eaux que le Grand Législateur fait jaillir à jamais des rochers de votre terre natale — eaux que les païens eussent adorées dans leur pureté et que vous adorez seulement par vos profanations. Vous ne pouvez fidèlement conduire vos enfants à vos autels étroits, taillés par vos haches, tandis que les autels célestes d'azur sombre, les montagnes qui soutiennent le trône de votre île, montagnes sur lesquelles les païens eussent vu les puissances du ciel reposer dans chaque couronne de nuages, restent pour vous vierges d'inscription, autels bâtis non « à un Dieu inconnu », mais par un Dieu inconnu.

V

86. — Voilà donc pour la nature, pour l'éducation de la femme, pour son rôle dans la maison et son rôle de reine. Nous arrivons maintenant à notre dernière et plus grave question. Quel est son office de reine à l'égard de l'État ?

Nous sommes généralement sous l'impression que les devoirs d'un homme sont publics et ceux d'une femme privés. Il n'en est pas tout-à-fait ainsi. L'homme a une œuvre ou devoir personnel à accomplir, et une œuvre ou devoir public, qui est l'expansion de l'autre dans ses rapports avec l'État. De même la femme a une œuvre ou devoir personnel à accomplir dans son foyer, et une œuvre ou devoir public, qui est aussi l'expansion de son œuvre privée.

Or l'œuvre de l'homme pour son foyer est, comme il a été dit, d'assurer sa permanence, son progrès, sa défense ; l'œuvre de la femme est d'en assurer l'ordre, le bien-être et la grâce.

Élargissez ces deux fonctions. — Le devoir de l'homme, comme membre de la communauté, est de contribuer à la permanence, au progrès, à la défense de l'État. Le devoir de la femme, comme membre de la communauté, est de contribuer à l'ordre, au bien-être, à l'embellissement de l'État.

Ce que l'homme est à sa propre porte, la défendant, s'il est besoin, contre les insultes et les rapines, cela il doit l'être, et non pas avec un dévouement moins grand, mais plus absolu, à la porte de sa patrie; abandonnant, s'il le faut, son foyer au ravisseur, pour remplir à cette place son devoir plus important. De même ce que doit être la femme derrière les portes de sa maison: le centre de l'ordre, le baume de la détresse, le miroir de la beauté; cela elle doit l'être aussi hors de ses portes, là où l'ordre est plus difficile, la détresse plus imminente et la grâce plus rare.

Et de même qu'au fond du cœur humain gît toujours un instinct pour chacun de ses véritables devoirs, — instinct que l'on ne peut étouffer, mais seulement fausser et corrompre en le détournant de son but véritable, — de même qu'il y a cet intense instinct de l'amour qui, justement discipliné, maintient toutes les saintetés de la vie et, mal dirigé, les mine, et qui doit nécessairement faire l'un ou l'autre — ainsi il est au fond du cœur humain un instinct inextinguible : celui de l'amour du pouvoir, qui, droitement dirigé, maintient toute la majesté de la loi et de la vie, et, mal dirigé, les abîme.

87. Profondément enraciné aux plus intimes sources de la vie dans le cœur de l'homme et de la femme, Dieu l'a placé là, et Dieu l'y garde. Aussi vainement qu'injustement vous blâmez ou entravez le désir du pouvoir. — Pour Dieu et pour vous-même, désirez-le

de toutes vos forces. Mais quel pouvoir? C'est là toute la question. Le pouvoir de détruire? Celui de la patte du lion et de l'haleine du serpent? Non pas. Mais le pouvoir de guérir, de racheter et de protéger. Le pouvoir du sceptre et du bouclier; le pouvoir de la main royale qui guérit en touchant, qui enchaîne l'ennemi et délivre le captif; celui du trône fondé sur le rocher de Justice et dont on descend seulement par les marches de la Miséricorde. — Ne convoiterez-vous pas un tel pouvoir? Ne chercherez-vous pas un tel trône et ne voudrez-vous point être, non plus des femmes d'intérieur simplement, mais des reines?

88. Il y a bien longtemps que les femmes d'Angleterre s'arrogèrent universellement un titre qui jadis appartenait à la seule noblesse, et, après avoir accepté le simple titre de « Gentlewoman », comme correspondant à celui de « gentleman », insistèrent pour obtenir la permission de porter celui de « lady », qui correspond au titre de « lord [1]. »

Je ne les blâme point en cela ; mais seulement de leurs

---

[1]. Je désirerais qu'il fût institué, pour notre jeunesse anglaise d'un certain rang, un ordre de chevalerie, où, garçons et filles, seraient, à un certain âge, sacrés chevaliers ou « dames ». Ces titres ne pourraient être obtenus qu'après des preuves ou des épreuves certaines de caractère ou de talent; ils seraient perdus, lorsque celle ou celui qui les porteraient serait convaincu, par ses pairs, d'avoir accompli une action déshonorante. Une telle institution serait parfaitement possible avec tous ses nobles résultats chez une nation qui aimerait l'honneur. — Qu'elle ne puisse l'être chez nous, cela ne doit pas discréditer le projet.

motifs étroits. J'aurais été heureux de les voir désirer et réclamer le titre de « lady », pourvu qu'elles réclamassent, non point le titre seulement, mais la fonction et le devoir qu'il implique. Lady signifie « distributrice de pain », et lord signifie « défenseur de la loi. » Ces deux titres s'appliquent, non à la loi maintenue dans la maison, ou au pain rompu pour les gens de la maison, mais à la loi maintenue pour les multitudes et au pain rompu pour les multitudes. Si bien qu'un « lord » n'a le droit légal de porter son titre qu'autant qu'il demeure le défenseur de la Justice du Seigneur des Seigneurs (du Lord des Lords); et qu'une « lady » n'a le droit légal de porter son titre qu'autant qu'elle prête aux pauvres représentants de son Maître cette aide qu'il fut jadis permis à d'autres femmes, qui l'assistaient de leurs biens, d'étendre à ce Maître lui-même; que lorsqu'elle peut être reconnue, comme lui-même le fut une fois, en rompant le pain.

89. Et cette domination bienfaisante et légale, ce pouvoir du « Dominus » ou « seigneur de la maison » et de la « Domina » ou « dame de la maison » est grand et vénérable, non par le nombre de ceux dont il descend généalogiquement, mais par le nombre de ceux qu'il embrasse; il est toujours regardé avec une adoration respectueuse partout où sa dynastie est fondée sur le devoir, et son ambition corrélative à son action bienfaisante. Votre imagination se plaît à la pensée d'être de nobles dames, accompagnées d'une suite de vassaux. Qu'il en soit ainsi. Vous ne sauriez être trop

nobles, et votre suite ne saurait être trop nombreuse. Mais voyez à ce que cette suite soit composée de vassaux que *vous* servez et que *vous* nourrissez, non simplement d'esclaves qui *vous* servent et *vous* nourrissent; et que la multitude qui vous obéit soit composée de ceux que vous avez consolés, et non oppressés, de ceux que vous avez délivrés, et non réduits en captivité.

90. Et ce qui est vrai de l'humble domination au foyer est également vrai de la domination de la reine : cette dignité très haute vous est ouverte, si vous voulez accepter aussi ses très hauts devoirs. Rex et Regina, Roi et Reine [1], « ceux qui font ce qui est droit »; ils diffèrent de la « lady » et du « lord » seulement en ce que leur pouvoir est suprême sur l'esprit comme sur le corps; non seulement ils nourrissent et vêtissent, mais dirigent et enseignent. Que vous le sachiez ou non, dans plus d'un cœur vous devez être couronnées, et vous ne pouvez déposer cette couronne; reines vous devrez toujours être; reines pour vos amis, reines pour vos maris, reines enveloppées d'un mystère plus haut pour le monde qui ne vous approche pas, qui s'incline et s'inclinera toujours devant la couronne de myrte et le sceptre sans tache de la Femme. Mais hélas! trop souvent vous êtes des reines paresseuses et insouciantes, saisissant votre majesté dans les choses misérables et l'abdiquant dans les plus grandes; laissant le désordre et la violence faire leur œuvre parmi

---

1. En français dans le texte (Trad.)

les hommes, au mépris de ce pouvoir que vous tenez directement du Prince de toute Paix, et que les mauvaises parmi vous trahissent, tandis que les bonnes l'oublient.

91. « Prince de la Paix. » Notez ce nom. Lorsque les rois, les nobles et les juges de cette terre gouvernent en son nom, eux aussi, dans leur domaine étroit et suivant leur mesure mortelle, reçoivent son pouvoir. Il n'est point d'autres monarques qu'eux. Toute autre monarchie que la leur est *anarchie*. Ceux qui gouvernent véritablement « Dei Gratia » sont tous princes ou princesses de la paix. Il n'est pas une guerre dans le monde, non, pas une injustice, dont vous, femmes, ne soyez responsables; non pour les avoir provoquées, mais pour ne les avoir point empêchées. Les hommes, par leur nature, sont enclins à combattre; ils combattront pour toute cause ou sans cause. C'est à vous de choisir pour eux la cause, et de leur défendre le combat, lorsqu'il n'y a point de cause. Il n'est point de souffrances, d'injustices ou de misères sur terre, dont la culpabilité ne vous soit imputable. Les hommes peuvent supporter la vue de ces choses; mais vous ne devriez pas être capables de la supporter. Les hommes peuvent les fouler aux pieds sans sympathie dans la bataille, leur seule affaire; mais les hommes sont faibles en sympathie et pauvres en espérance. Vous seules pouvez sentir la profondeur de la peine et concevoir les moyens de la guérir. Au lieu de vous efforcer à cette tâche, vous vous en détournez; vous vous enfermez derrière les

murs de vos parcs et les portes de vos jardins, vous contentant de savoir qu'il est, par delà, un monde entier à l'état sauvage, monde dont vous n'osez pénétrer les secrets ni concevoir les souffrances.

92. Je vous affirme que de tous les phénomènes de l'humanité, celui-ci est pour moi le plus surprenant. Je ne m'étonne point des profondeurs de dégradation où peut tomber l'humanité, lorsqu'elle s'est une fois détournée de l'honneur. Je ne m'étonne point de la mort de l'avare dont les mains en se relâchant laissent dégoutter l'or. Je ne m'étonne point de la vie du débauché qui va, les pieds enroulés dans un linceul. Je ne m'étonne point du meurtre commis par une seule main sur une seule victime, dans l'obscurité du chemin de fer ou à l'ombre des roseaux du marécage. — Même je ne m'étonne point des myriades de meurtres accomplis sur des multitudes, hardiment, sous la pleine lumière du jour, par la frénésie des nations, non plus que des maux incalculables, inimaginables, amoncelés de l'enfer au ciel par leurs prêtres et leurs rois. Mais ceci m'étonne! oh! m'étonne plus que je ne saurais dire, de voir, parmi vous, la femme tendre et délicate, son enfant sur son sein, dépositrice d'un pouvoir qui, si elle voulait l'exercer sur l'enfant et sur le père, serait plus fort que les eaux de la terre — que dis-je? qui serait un abîme de bénédictions que son mari n'échangerait point pour toute la terre, quand même cette terre serait faite d'un seul diamant parfait ; — oui cela m'étonne de la voir abdiquer cette majesté pour jouer

à la préséance avec sa voisine d'à côté. Oui, cela m'étonne, oh! m'étonne! de la voir le matin, dans toute la fraîcheur de ses sentiments innocents, sortir de son jardin, jouer avec les pétales de ses fleurs protégées, relever leurs têtes qui penchent, avec son sourire heureux sur les lèvres et sans nuage au front, parce qu'un petit mur entoure sa place de paix. Et cependant elle sait dans son cœur, si elle voulait seulement y regarder pour le savoir, que par delà ce mur couvert de roses, l'herbe sauvage jusqu'à l'horizon est arrachée par l'agonie des hommes et submergée par les ruisseaux de leur sang.

93. Vous êtes-vous jamais demandé quel sens profond se cache, ou pourrait être lu, si vous préférez, dans cette coutume de jeter des fleurs devant ceux que nous croyons pleinement heureux? Pensez-vous que ce soit seulement pour les induire dans l'espoir trompeur que le bonheur tombera toujours ainsi en pluie à leurs pieds, — que partout où ils passeront, ils marcheront sur des herbes qui sentent bon et que la terre dure leur sera toujours rendue douce par un tapis de roses? S'ils croient véritablement cela, ils devront au contraire marcher sur des herbes âcres et des épines, et la seule chose douce à leurs pieds sera la neige. Mais là n'est pas ce que l'on voulait qu'ils crussent; cette vieille coutume renferme un sens meilleur. Le sentier que suit une femme bonne est bien, en effet, semé de fleurs; mais de fleurs qui croissent derrière ses pas, et non devant eux.

« Ses pieds ont touché les prairies et y ont laissé les marguerites roses. »

94. Mais vous pensez que c'est là une rêverie d'amant, fausse et vaine ! — Et si elle pouvait être vraie ? Peut-être considérez-vous aussi ces vers comme une rêverie de poète :

> « Même la légère clochette relève sa tête,
> Seulement inclinée par ses pas aériens. »

Mais c'est dire peu d'une femme que dire qu'elle ne détruit pas, là où elle passe. Elle devrait faire revivre ; les clochettes devraient fleurir, non se courber comme elle passe. Vous pensez que je me précipite en de folles hyperboles. Pardonnez-moi ; pas le moins du monde. Je veux dire ce que je dis, en calme anglais, résolument et sincèrement. Vous avez entendu dire (et je crois qu'il y a plus que de l'imagination dans cette idée ; mais laissons-la passer pour une rêverie) que les fleurs ne fleurissent que dans le jardin de quelqu'un qui les aime. — Je sais qu'il vous plairait que ceci fût vrai. Ce serait, penseriez-vous, une délicieuse magie que de pouvoir rendre plus brillante la fraîcheur de vos fleurs, par un regard aimable tombé sur elles. Et si votre regard avait le pouvoir, non seulement de réjouir, mais de protéger, — si vous pouviez ordonner à la nielle noire de fuir et à la chenille annelée d'épargner, — si vous pouviez commander à la gelée de tomber durant la sécheresse, et dire au vent du sud lors de la gelée :

« viens, vent du sud, et souffle sur mon jardin que les parfums s'en exhalent [1]. » — Ne penseriez-vous pas que ce serait là une chose grande ? — Et n'estimerez-vous pas chose plus grande encore, que tout ceci (et combien plus que tout ceci !) vous ayez le pouvoir de le faire pour de plus belles fleurs encore — pour des fleurs qui pourraient vous bénir de les avoir bénies, qui vous aimeraient de les avoir aimées ; fleurs qui ont des pensées comme les vôtres, une vie semblable à la vôtre, et qui sauvées une fois seraient sauvées à jamais ? Est-ce là un chétif pouvoir ? Très loin, parmi les landes et les rochers, très loin dans l'obscurité des rues terribles gisent ces faibles fleurettes, leurs feuilles fraîches déchirées et leurs tiges brisées ; ne descendrez-vous jamais vers elles pour les arranger dans leurs petites corbeilles odorantes, pour les abriter, elles qui tremblent, contre le vent violent ? Les matins succéderont-ils aux matins pour vous, et non pour elles ; et l'aube se lèvera-t-elle pour apercevoir, au loin, ces frénétiques *danses de la Mort* [2] ; mais ne se lèvera-t-elle pas pour souf-

---

[1]. Cantique des Cantiques, IV, 6

[2]. Allusion à un article du « Morning Post » du 10 mars 1865, découpé et conservé par l'auteur, et transcrit dans une des notes de la première conférence (*Des trésors des Rois*), que nous reproduisons. — Les salons de Mme C..., qui faisait les honneurs avec une grâce et une élégance savamment imitées, étaient remplis de princes, de ducs, de marquis et de comtes — en fait, de la même société mâle que l'on rencontre aux soirées de la princesse Metternich et de Mme Drouyn de Lhuys. Quelques pairs anglais et quelques membres du Parlement étaient présents et semblaient jouir vivement de cette scène joyeuse

fler sur ces bancs vivants de violettes sauvages, de chèvre-feuille et de roses; ni pour vous appeler (non par le nom de la muse du poète anglais, mais par celui de la grande Mathilde de Dante qui, sur le bord de l'heureux Léthé, se tenait debout tressant des couronnes de fleurs) disant :

« Viens dans le jardin, Maud,
Car la noire chauve-souris s'est enfuie,
Et les parfums du chèvrefeuille sont emportés par la brise
Et l'odeur des roses vole dans l'air [1]. »

Ne descendrez-vous pas parmi elles? parmi ces douces choses vivantes, dont le courage nouveau, qui a

---

et insolemment inconvenante. Au second étage les tables du souper étaient chargées de tous les mets délicats de la saison. Afin que vos lecteurs puissent se faire quelque idée de la fine chère du demi-monde parisien, je copie le menu du souper qui fut servi vers quatre heures du matin à tous les convives (au nombre de 200 environ) : Château Yquem supérieur, Johannisberg, Laffite, Tokay, Champagne des crûs les plus nobles furent prodigués tout le matin. — Après le souper les danses furent reprises avec une recrudescence d'animation, et le bal se termina par une *chaîne diabolique* et un *cancan d'enfer* à sept heures. (Avant que les fraîches prairies apparaissent aux yeux entr'ouverts du matin). — (Service du matin). — Voici le menu : Consommé de volaille à la Bagration. — Seize hors-d'œuvre variés. — Bouchées à la Talleyrand. — Saumons froids, sauce ravigote. — Filets de bœuf en Bellevue, timbales milanaises, chaufroid de gibier. — Dindes truffées, pâtés de foie gras, buissons d'écrevisses, salades vénitiennes. — Gelées blanches aux fruits, gâteaux Mancini, parisiens et parisiennes. — Fromages glacés. Ananas. Dessert.

1. Tennyson (Maud).

jailli de la terre avec la profonde couleur du ciel sur lui, s'élance avec l'essor d'un clocher béni, et dont la pureté, lavée de la poussière, s'épanouit, bouton après bouton, en une fleur de promesse? Elles se tournent vers vous et pour vous; « le pied d'alouette écoute — J'entends, j'entends, et le lis soupire — J'attends [1]. »

95. Avez-vous remarqué que j'ai passé deux vers en vous lisant cette première strophe; et avez-vous pensé que je les avais oubliés?

Écoutez-les maintenant :

> « Viens dans le jardin, Maud,
> Car la noire chauve-souris s'est enfuie,
> Viens dans le jardin Maud,
> Je suis ici seul sur la porte [2]. »

Qui donc, pensez-vous, se tient sur la porte de ce doux jardin, seul et vous attendant? N'avez-vous jamais entendu parler, non d'une Maud, mais d'une Madeleine qui descendit dans son jardin à l'aube et trouva Quelqu'un qui l'attendait sur la porte — quelqu'un qu'elle supposa être le jardinier? Ne l'avez-vous jamais cherché Lui, souvent; — cherché en vain, toute la longue nuit; cherché en vain, à la porte de ce vieux jardin où est plantée l'épée de feu. Là Il n'est jamais. — Mais sur la porte de cet autre jardin, Il est toujours, vous attendant — vous attendant pour prendre votre main — prêt à descendre pour regarder les fruits de la

---

1. Tennyson (Maud).
2. Tennyson (Maud.)

vallée, pour voir si la vigne a fleuri et si la grenade est
en boutons. Là vous verrez avec lui les petites vrilles
des vignes que sa main guide, — là vous verrez croître
la grenade où sa main a jeté la graine couleur de sang;
— bien plus, vous verrez les troupes des anges gar-
diens agitant leurs ailes, chasser les oiseaux affamés
loin des sentiers où Lui a jeté la semence, s'appelant
les uns les autres à travers les rangées des vignes,
disant : « Otez-nous ces renards, ces petits renards qui
ravagent nos vignes, car nos vignes ont de jeunes rai-
sins [1]. » Oh! vous reines! Vous reines! — Dans les
collines et les heureux bois verdoyants de cette terre,
votre patrie, les renards auront-ils des tanières, et les
oiseaux du ciel des nids — et dans vos cités les pierres
devront-elles crier contre vous qu'elles sont les seuls
oreillers où le Fils de l'Homme puisse reposer sa tête?

---

1. Cantiques des Cantiques, II, 15.

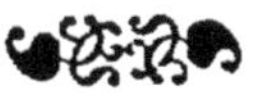

APPENDICE

I

UNE LETTRE

de la femme de Thomas Carlyle

Combien de talents sont gaspillés, combien d'enthousiasmes s'en vont en fumée, combien de vies sont gâtées faute d'un peu de patience et de résignation, faute d'avoir compris et senti que ce n'est pas la grandeur ou la petitesse de la tâche à accomplir qui en fait la noblesse ou la vulgarité, mais l'esprit dans lequel on l'accomplit ! Je n'imagine pas comment des gens doués de quelque ambition naturelle ou ayant le sentiment d'avoir quelque valeur peuvent éviter de devenir fous, dans un monde comme le nôtre, s'ils ne se rendent pas compte de cela. Je sais que, pour ma part, j'étais très près de devenir folle quand j'ai fait cette découverte.

Vous raconterai-je comment je l'ai faite ? Cela pourra vous servir de réconfortant dans de semblables moments de fatigue et de dégoût. J'étais allée avec mon mari habiter une petite propriété toute en marais tourbeux. C'était un endroit très triste et un séjour fort maussade. A seize milles à la ronde on ne trouvait aucunes ressources; pas de boutique, pas même de bureau de poste. De plus, nous étions très pauvres, et, ce qui est encore pire, étant fille unique et ayant été élevée en vue « d'une grande position », j'étais brillante latiniste et bonne mathématicienne, mais d'une ignorance sublime pour toutes les choses pratiques. Dans ces circonstances extraordinaires, il me fallut apprendre à coudre! Je constatais avec horreur que les maris étaient sujets à percer leurs bas et perdaient constamment leurs boutons, et que l'on comptait sur moi pour voir à tout cela. Il me fallut aussi apprendre à faire la cuisine, aucune servante capable ne voulant consentir à vivre dans un endroit aussi perdu, et mon mari ayant les digestions difficiles, ce qui compliquait terriblement ma situation. Pour comble de maux, le pain qu'on apportait de Dumfries lui « aigrissait l'estomac » et il était évidemment de mon devoir d'épouse chrétienne de boulanger à la maison. Je fis donc venir le *Cottage Economy* de Cobbett et j'entrepris de fabriquer une miche de pain. Je n'entendais rien à la fermentation de la pâte et au chauffage des fours; il se trouva donc que ma miche fut mise au four à l'heure où j'aurais dû moi-même me mettre au lit, et je restai la seule personne éveillée dans une maison située au milieu d'un désert. Une heure sonna, puis deux, puis trois; et j'étais toujours là, entourée de cette immense solitude, le corps brisé par la fatigue et le cœur oppressé par un sentiment d'abandon et de *dégradation*. Moi qui avais été si gâtée dans ma famille, dont le bien-être était l'occupation de toute la maison, à qui l'on n'avait jamais demandé de faire autre chose que de *cultiver mon esprit*, j'étais réduite à passer la nuit à surveiller une *miche de pain*, — qui peut-être ne serait pas du tout du pain! Ces pensées me rendaient folles, tellement que je posai ma tête sur la table et me mis à sangloter.

C'est alors, je ne sais comment, que me vint à l'esprit l'idée de Benvenuto Cellini veillant toute une nuit sur le fourneau d'où allait sortir son *Persée*, et je me demandai tout à coup : Après tout, aux yeux des puissances d'en haut, y a-t-il une si grande différence entre une miche de pain et une statue de *Persée*, quand l'une ou l'autre représente le devoir? La ferme volonté de Cellini, son énergie, sa patience, son ingéniosité, voilà les choses réellement admirables dont la statue de *Persée* n'est que l'expression accidentelle. S'il avait été une femme, vivant à Craigenputtock avec un mari dyspeptique, à seize milles d'un boulanger, et ce boulanger mauvais, toutes ces mêmes qualités auraient trouvé leur emploi dans la confection d'une *bonne* miche de pain.

Je ne puis dire tout ce que cette idée répandit de consolation sur les tristesses de ma vie pendant que nous vécûmes dans ce lieu sauvage où, de mes trois devancières immédiates, deux étaient devenues folles et la troisième ivrogne! »

Citée par Arvède Barine, *Portraits de femmes*. — Hachette.

UNE LETTRE

de la femme du président Garfield

Je suis heureuse de vous dire qu'après les fatigues et les désappointements de l'été qui vient de se clore, je me trouve dans la position heureuse d'un vainqueur; le silence qui a suivi votre départ a contribué à assurer à mon âme un triomphe. Il y a quelques jours que je lus la sentence suivante ou à peu près : *Il n'y a pas de pensée saine sans travail manuel, et c'est la pensée qui rend le travail heureux.* Peut-être est-ce là la méthode d'après laquelle je suis parvenue à monter à une position que je sens être un vrai progrès. Cette pensée me traversa comme un trait de lumière; c'était un matin, tandis que j'étais occupée à pétrir mon pain. Je me dis : Te voilà donc obligée, par une inévitable nécessité, à faire notre pain pendant tout l'été. Pourquoi ne considérais-tu pas cette obligation comme un plaisir et ne trouverais-tu pas ta joie à voir jusqu'à quel degré de perfection tu peux pousser la fabrication du pain? Ce fut là pour moi un véritable trait de lumière! toute ma vie sembla s'illuminer; j'eusse dit qu'un rayon de soleil descendait du ciel, traversait mon esprit et se répandait dans mes miches de pain blanc? et maintenant, je crois que ma table est fournie du pain le plus beau que j'y aie jamais vu ; et cette vérité, ancienne comme la création, me semble être entrée maintenant pour la première fois dans ma possession ; j'ai compris que je ne devais pas être l'esclave gémissant de mes travaux et de mes efforts, mais le maître et le roi, obligeant chaque œuvre de me livrer ses fruits les meilleurs possibles. Quant à vous, vous avez été dès longtemps roi de vos œuvres, et vous rirez peut-être et vous vous étonnerez que j'aie vécu si longtemps sans ma couronne ; mais je suis si heureuse de ma découverte que même vos sourires ne sauraient me déconcerter. Je me demande si là n'est pas, en tout ou en partie, le véritable mal qui est au fond de toutes les lamentations de ceux qui demandent le suffrage pour les femmes. La femme élevée de travers regarde ses devoirs comme une disgrâce, tremble sous leur joug et cherche à les secouer quand elle peut. Elle voit l'homme marcher d'un pas triomphant aux occupations de son sexe, et s'imagine que c'est la nature de son travail qui donne à l'homme sa grandeur et sa royauté, tandis que c'est la manière dont il les accomplit et l'esprit dans lequel il le fait. »

Extrait du Journal *Le Témoignage*, 24 septembre 1886.

III

LA MISSION DE LA FEMME

fragment d'un poème d'

ÉLISABETH BROWNING

Le Christ. — Parle, Adam. A toi de bénir la femme : homme, c'est ton office.

Adam. — Mère du monde, reprends courage devant cette présence. Je le sens, ma voix qui a nommé les créatures, et qui, en les nommant avec le souffle de Dieu dans mon haleine, a exprimé par le nom de chaque être son instinct et ses qualités, — ma voix palpite de nouveau au même souffle. Elle flotte et se gonfle comme la fleur des eaux qui s'ouvre à la vague, et c'est une prophétie sur toi qui s'épanouit à ce divin souffle. — Désormais, redresse-toi, aspire aux sérénités et aux magnanimités, aux nobles rôles et aux buts sublimes, aux dévouements sanctifiés et à la plénitude d'action auxquels ton élection t'appelle, première femme, épouse et mère...

Ève, *baissant le front.* — Et la première dans le péché...

Adam. — La seule aussi qui apporte la semence

par qui périra le péché. Relève la majesté de ton front désolé, ô tout aimée! et regarde face à face l'avenir et toutes les obscurités de ce monde. Relève-toi. Que la femme en toi prenne sa hauteur de femme; sois grande pour faire le bien et supporter le mal, pour consoler du mal et apporter le bien, pour fondre tout ce bien et ce mal dans la patience d'une espérance constante. Redresse-toi et rehausse-toi avec tes filles.   —

. Si le péché est venu par toi et par le péché la mort, la justice rédemptrice, la vie céleste et la quiétude compensatrice viendront aussi par toi. Si tu as ouvert le monde à la souffrance, tu iras par le monde comme l'ange consolateur des souffrances issues de toi, et tu te feras accepter à la place des autres anges dont ta faute a éloigné les pas rayonnants des collines de la terre. Sois satisfaite. Dans toute ta destinée de femme, tu auras à supporter des douleurs particulières répondant à ton péché.

Tu auras des douleurs à payer pour chaque être qui naîtra; des fatigues pour prendre soin de chaque vie naissante; souvent de la froideur à endurer de la part de ceux que tu auras entourés de tes soins; souvent la défiance de ceux à qui tu te seras dévouée; la trahison de ceux que tu auras trop loyalement aimés; de la faiblesse dans ton propre cœur; au dehors, de la cruauté et le poids d'une tyrannie étrangère avec des muscles plus forts et des os plus solides pour droit héréditaire.

Mais, va, ton amour se chantera à lui-même ses propres béatitudes après sa tâche accomplie. Le baiser d'un

enfant, posé sur tes lèvres soupirantes, te fera joyeuse;
un mendiant secouru par toi te fera riche; un malade
soigné par toi te fera forte. Tu seras servie toi-même
par le sentiment de chaque service que tu auras rendu.

C'est là la couronne que je mets sur ta tête, —
devant le Christ qui me regarde et m'inspire!

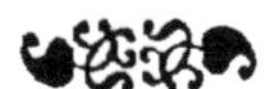

MACON, PROTAT FRÈRES, IMPRIMEURS.

www.ingramcontent.com/pod-product-compliance
Ingram Content Group UK Ltd.
Pitfield, Milton Keynes, MK11 3LW, UK
UKHW021450090726
13657UKWH00003B/1318